나는 가끔 광대처럼 살고 싶다

제94시집

나는 가끔
광대처럼 살고 싶다

용혜원 시집

책만드는집

　시인들이 쓴 시는 모두 다 소중하다. 시는 시인의 마음에서
터져 나오는 마음의 노래다. 세상에 살고 있는 사람들 누구나
마음껏 마음을 노래하는 것이 시다. 슬픈 마음, 기쁜 마음, 서
운한 마음, 애절한 마음, 고독한 마음, 사랑의 마음을 표현하기
때문이다.

　시 한 편 한 편이 시인의 삶을, 시인의 마음을 고백하고 표현
한 것이다. 시는 틀에 맞춰 쓰는 것이 아니라 흘러내리는 마음
을 있는 그대로 써가는 것이다. 세상의 모든 것은 왔다가 떠나
가야 하는 것, 살아 있는 날 동안 그때그때 마음을 노래하고 살
아간다. 이 세상의 어느 시인도 함부로 평가받아서는 안 된다.
시인의 시는 시인의 삶이며 모든 것이기 때문이다.

　시를 통하여 시인의 진솔한 마음을 먼저 읽어야 한다. 어떤
시도 그냥 써진 것은 없다. 시인이 살아온 만큼의 인생의 흔적
이 담겨 있고 인생의 희로애락이 녹아 있다. 세상의 모든 언어
로 세상의 모든 사람 누구나 자신의 감정을 표현할 수 있어야
한다. 세상의 모든 언어가 시어다. 시어가 특별히 따로 있는 것

이 아니다. 시는 언어를 골라내서 쓰는 것이 아니라 마음에 흘러내리는 언어를 표현하는 것이다.

시는 삶의 표현이며 마음의 표현이며 꿈과 사랑의 표현이다. 시의 세계는 갇혀서는 안 되고 편을 나누어서도 안 된다. 시의 세계는 담을 쌓거나 벽을 쌓아서도 안 된다. 산과 들에 피어나는 들꽃처럼 자유롭게 피어나야 한다. 시는 시대마다 다른 꽃으로 피어난다.

시를 쓰고 싶은 모든 시인은 어떤 제약이나 간섭을 받지 않고 자유롭게 써야 한다. 시는 시인의 마음이 강물처럼 자연스럽게 독자들의 마음에 흘러 들어가 감동을 주어야 한다.

2022년 5월
용혜원

시작

시작이 중요하다
다시는 반복이 없는 처음
시작이 없으면 끝은 없다

첫걸음이 있어야
원하는 곳에 도착할 수 있다

중간에 포기하면
아무도 알아주지 않고
중간에 그만두면 실패가 될 뿐
아무도 기억해 주지 않는다

속만 끓이지 말고 용기와 자신감을 갖고
시작해서 꾸준히 포기하지 않고
끝까지 도전해야 도착할 수 있다

까치발을 들고서라도
더할 나위 없는
잘된 결말을 미리 보고 싶다

바다는

바다의 마음은 거대하다

바다 위에서는 비바람이 불고
파도가 거칠게 휘몰아쳐도
바닷속은 잠잠하여
모든 물고기들을 언제나 품에 안는다

바다는 고요히 흐른다

바다 위에서 천둥 번개가 치고
태풍이 불고 물결이 소용돌이쳐도
바닷속은 언제나 고요하게 흐른다

바다는 넉넉하다

바다는 흘러오는 모든 물을 받아들이고
거대한 고래부터 아주 작은 새우 멸치까지
마음껏 헤엄치고 놀 수 있도록 허락해 주었다

바다는 아름답다

바다는 언제든지 찾아가면
탄성을 지르도록 아름다운 풍경을 만들어
만나면 기분이 좋아지고 가슴이 열린다

나는 가끔 광대처럼 살고 싶다

지금의 삶과 내 모습과 전혀 다르게
생뚱맞고 전혀 딴판으로
나는 가끔 미친 듯이 춤추고 노래하는
광대처럼 살고 싶다

나약함과 초라함을 벗어던지고
광대처럼 통 크게 미친 듯 춤추고
신바람 나게 노래하며 살고 싶다

세상을 풍자하며 웃고 떠들고
온갖 익살을 떨며
함께 울고 폭소를 터뜨리며 살고 싶다

삶을 마음껏 표현하고 나타내며
흉내 내고 비웃고 조롱하고
역설하는 광대처럼
풍자하며 속마음을 드러내고 싶다

나는 가끔
이 풍진 세상에서
광대가 되어 살고 싶다

위대한 나무들

나무들은 춥고 추운 겨울에도
꽃들이 봄에 입을 옷을 만들었다가
봄이 오면 꽃을 아름답게 피운다

봄날에 꽃들이 입고 있는
옷이 얼마나 아름다운가
이 세상에서 구할 수 없는 옷이다
향기가 넘치는 꽃들은
천사의 옷을 입은 것처럼 신비롭고 아름답다

나무들은 덥고 더운 여름에는
나뭇잎들이 가을에 단풍이 물들
물감을 만들었다가
가을에 아름답게 단풍 들게 하였다

가을에 나뭇잎들 단풍이 들면
색깔이 얼마나 아름다운가
이 세상에선 구할 수 없는 색깔이다

단풍이 물든 나뭇잎들은
천상에서 찾아온 것처럼 멋있고 아름답다

떠난다 떠나간다

황혼길에 들어서니
안타까움과 아쉬움이 많아진다

아까운 사람들이
사랑하는 사람들이
하나둘 떠난다 떠나간다

나이가 들면 여유롭게 한가롭게
아무런 부담도 없이
만나고 함께할 줄 알았는데
아니다 아니다

만나지 못해 늘 그리웠던 친구도
온다 간다 말도 없이 떠나가고
어린 시절 가슴 설레게 하고
애태우던 사랑도 먼저 떠나갔다

언젠가는 나도 떠나겠지만

떠나는 걸 보면서도
떠나는 걸 알면서도
사는 인생이 모질고 가슴이 아프다

인생들아 이리도 아무 소리 없이
떠나고 마는 것을
왜 그리 미워하고 다투고 큰소리치며
아귀다툼으로 살아가는가

서로 잘되기를 바라고 서로 함께하고
서로 격려하면 참으로 좋은 것을
왜 나만 해야 한다고 난리를 치는가

떠난다 떠나간다
우리는 모두 다 순서 없이 떠난다

노부부 산책

얼굴에 지나간 세월의 흔적이
주름으로 가득한
나이가 아주 많은 황혼의 노부부가
호수공원을 산책하고 있다

할아버지가 몸이 쇠약한지
걸음걸이 늦고 힘든지
할머니에게 손짓하며 말했다
"어이! 먼저 가요!"

할머니가 먼저 가며 뒤돌아보고
뒤돌아보다가 말했다
"어서 와요!"

노부부는 한참 동안 바라보며
똑같은 말을 수없이 하고 걸었다
"어이! 먼저 가요!"
"어서 와요!"

황혼 부부의 다정함이 내 눈물을 적시고
내 마음을 적시고 있었다

가을 술잔

오색 단풍이 물드는
아주 멋진 가을에는
고독이 찾아오면
가을 술잔에 낙엽을 띄워
추억 한잔 마시고 싶다

구경꾼

싸움이 났는데 말리려고 하지 않는다

구경꾼들은 재미를 붙이고 호기심이 가득해
반짝이는 눈으로 바라보고 있다
싸움이 치열해질수록 가슴을 졸이면서도
흥미를 느끼고 쾌감을 느낀다

인간의 잔인한 속내는
누군가 비참해지고 무너져 내리면
더 큰 쾌감을 느끼는 아주 못된
심보를 갖고 살아간다

다쳐서 괴로워 비명을 지르면 지를수록
비틀거리고 괴로워하면 할수록
더 가까이서 보고 싶어 한다

싸움이 끝나 누군가 쓰러지면
쾌감의 극치를 느끼며 대리만족을 한다

한 사람부터 시작하라

한 사람이 쓰레기 아무 데나 버리면
세상은 어디나 쓰레기통이 되고
한 사람부터 작은 쓰레기도 주워서
잘 버리면 세상은 어디나 깨끗해진다

한 사람이 남을 비난하기 시작하면
불신이 생겨 서로 신뢰하지 못하고
한 사람부터 이해하고 칭찬하고 신뢰하면
기분 좋은 인간관계를 이룬다

한 사람이 질서를 안 지키면 세상은
구멍이 숭숭 난 듯 무질서가 판치고
한 사람이 작은 질서부터 분명히 지키면
삶이 안정되고 편안하게 된다

한 사람이 욕심을 내기 시작하면
이곳저곳 불공평 불평등이 심해지고
한 사람부터 이웃에게 나눔과 사랑을 베풀면

세상은 살기 좋은 따뜻한 곳이 된다

나 한 사람부터 실천하는 선한 일
선한 행동이 세상을 바꾸고 삶을 바꾼다

낭만이 있는 삶

낭만과 멋이 있는 삶을 누구나 원하고 좋아하기에
나이에 맞게 나이 들어가며
나이답게 살아가며
멋있는 삶을 살아야 한다

우리는 집 가까운 카페에서
친구들과 커피 한잔을 마시며
낭만과 멋을 즐길 수 있다

황혼이 짙어도 때로는
분위기 좋은 커피점에서
추억을 회상하며 커피를 마셔도 좋다

시간이 허락되는 대로
호수가 있는 공원을 걸으며
사랑하는 사람과 정답게 대화를 나누는 것도
참으로 멋있는 일이다

한가한 시간에는 시와 소설을 읽으며
글자 여행을 떠나거나
영화를 보며 삶의 이야기를 바라보며
삶의 여유를 즐겨도 좋다

가벼운 마음으로 여행을 떠나
삶의 쉼표를 짙게 찍으며
삶의 피로를 풀어내는 것도 좋고
맛있는 음식을 찾아 맛 여행을 해도 좋다

젊어지고 싶다면 청바지에 빨간 티를 입고
젊은 마음으로 거리를 산책해도 좋다

우리의 인생은 낭만과 멋이 있어야 살맛이 난다

가을의 소리

가을의 소리는
가을을 재촉하는 비가 내리고
바람이 불 때 시작되었다

바람이 불면 강변의 갈대들이 흔들리고
숲길의 억새도 흔들리고
서글픔을 참다 못한 귀뚜라미가
어둠 속에 숨어서 울었다

가을밤을 즐기는 사람들이 모여
모닥불을 피우면 장작 타는 소리가
귓가에 모여들었다

가을 숲에서는 잘 익은 밤과
도토리 떨어지는 소리가 부르고
농익고 설익은 열매들이 떨어졌다

낙엽이 떨어지는 소리가

끝나갈 무렵 가을 문을 닫고
멀어져 가는 가을 발자국 소리가 사라지자
가을의 소리는 끝났다

허수아비의 외침

허수아비가 양팔을 벌리고 서 있는 것은
새를 쫓으려고 급히 서둘러서
나오다가 윗몸만 나오고
아랫몸이 나오지 못해
"아!"하고 소리를 지르고 있는 것이다

곡식과 열매가 익어가는 들판에 서 있다가
아랫도리가 썰렁해서
"아! 내 아랫도리를 어쩌나!"
양팔 벌려 한탄하며 소리를 지르고 있는 것이다

잠자리

멋지게 곡예비행 하는
잠자리는
어디서 비행 기술을 배웠을까

아주 높이 올라
정찰비행도 하고
하늘을 이리저리 날아다니며
곡예비행도 곧잘 한다

혹시 전투기를 몰아보았을까
잠자리가 혹시 해외 어느 곳에
파병을 갔다 온 것은 아닐까

드넓은 하늘을 자유자재로
마음껏 자유를 만끽하며 날아다닌다

들풀 1

온갖 시련과 풍파에도
잘 견디고 이겨내는
들풀의 생명력이 얼마나 질기고 강한가

한여름 뜨거운 태양의 열기 속에서
곧 말라버릴 듯
시들시들 풀이 죽어 있다

먹구름이 몰려와 쏟아지는
강한 빗줄기에 몸서리치듯
풀잎이 흔들린다

태풍 속에 폭우가 쏟아질 때면
풀잎들은 고개를 떨구고
금방이라도 쓰러질 듯 안타깝다

비가 내리고
날씨가 말짱하게 개면

언제 그랬냐는 듯이 풀잎들이
싱싱하게 꼿꼿하게
땅의 주인으로 서 있다

들풀 2

이 세상에서
들풀이 가장 자유롭게
어디서나 잘 자라고
질긴 생명으로 살아난다

들풀은
흙만 있으면
틈만 있으면 싹이 나고 자란다

들판에서 바위틈에서
벽 틈에서 지붕 위에서 골짜기에서
폭포가 쏟아지는 주변에서 살아난다

바람이 불면
들풀도 소리를 낸다

들풀의 소리는
이 세상에서 살아 있는 소리
민초들의 건강한 생명의 소리다

혼자라는 것은

혼자라는 것은
가슴이 먹먹하고 절박하도록
외롭고 쓸쓸하고 고독한 것이다

넓고 넓은 세상에
사람이 그리도 많은데
텅 빈 듯 홀로 있다는 것은
뼛속이 차갑고 시리도록 무서운 일이다

누가 나를 알까
누가 나를 기억할까
누가 나에게 관심을 가질까
눈물만 쏟아져 가슴을 적신다

혼자 버려진 듯
말할 사람도 없고
만날 사람도 없고
함께할 사람이 없이
혼자라는 것이 너무나 슬프고 서럽다

첫눈 오는 날

겨울이 찾아와
첫눈이 내리면 사람들이
여기저기서 소리친다
"첫눈이 온다!"

첫눈이 내리면
눈이 내리는 길을 무작정 걷고 싶고
친구에게 사랑하는 사람에게
만나자고 전화를 하고 싶어진다

첫눈이 내리면 온 세상은
하얀색 하나만으로
즐겁고 행복해진다

첫눈이 내리면
온 세상이 축제장으로 변한다

거리에서 만나는 사람들을 보면

얼굴 표정이 밝아지고 웃음이 살아난다

첫눈이 내리면
온 세상이 행복하다

단풍아!

단풍아! 어떻게 해야 하느냐
푸르른 가을 하늘 아래
잎잎마다 오색으로 곱게 물들어
입에서 탄성이 절로 나와 만끽하는데
어떻게 해야 하느냐

가을이면 잎잎마다 새빨갛게 불타올라
가장 아름다운 색깔로 물들어
황홀의 극치를 만들어
단풍이 이리도 아름답고 멋있는데
어떻게 해야 하느냐

단풍아! 이 가을에
잎잎마다 온몸이 핏빛으로 물들어
최고의 절정을 뽐내는 것을 보면
눈으로 감탄하고 마음으로 행복한데
어떻게 해야 하느냐

이리도 곱게 물든 단풍이
떠날 때가 되면 스스로 낙엽이 되어
떨어지고 마는데
단풍아! 어떻게 해야 하느냐

떠나는 가을

가을은 화려하게 왔다가
쓸쓸하게 떠난다

가을이 찾아오면 온 세상이
아주 분주하게 돌아간다

산과 들에서는 열매를 수확하고
나뭇잎들이 잎마다 그려놓은
가을색이 점점 아름다워지고
가을꽃들이 곳곳에 피어나
가을 소식을 전한다

가을이 오면 나뭇잎들은
떠나는 가을을 알리는 가을 엽서
낙엽이 되기 위하여
단풍으로 아름답게 물든다

이 가을이 떠나기 전에

단풍의 아름다움과 찬란함을 마음껏 기뻐하고
감탄하고 좋아하며 행복하고 싶다

가을이 떠날 때는
가을빛 단풍도 낙엽이 되어
쓸쓸하게 떨어진다

떨어진 낙엽

가을바람에 떨어진 낙엽들
비 온 후에 황홀한 색깔로 물들어
아름다워도 떠나야만 하기에
바라보고 있으면 슬프다

곱게 단풍 들었던 잎들이
떨어져 거리에 뒹굴면
이리 밟히고 저리 밟혀
찢어지고 으깨어지면서도
다시 찾아올 가을이 있어 낙엽은 떠난다

한순간 찬란했던
단풍 시절도 끝나고
낙엽이 되어 떠나는 아쉬운 작별의 시간
떠남이 아쉽지만
다시 찾아올 가을이 있어
마음속에 여운이 깊게 남는다

낙엽아! 잘 가라!
다시 찾아올 너를 기다리며 살겠다!

잘 가라 가을아!

잘 가라 가을아!
쓸쓸하고 고독했지만
너를 만남은 행복한 나날이었다

가을이 있는 동안 짧은 날들이었지만
곱게 물든 단풍 속에서
너를 만나면 너무 좋아서
사랑하지 않을 수 없었다

가을아!
너도 단풍 든 너를 만나면
기뻐하고 좋아했던
내 마음을 알고 있는가

잘 가라 가을아!
낙엽이 떨어지는 거리를 걸으며
서운하고 안타까운 마음 가득하지만
다시 만나기 위해 붙잡지 못하고

너를 보내고 있다
잘 가라 가을아!

가을이 낙엽 따라 떠나는
가을 발자국 소리는 고독이었다

낙엽이 떨어진 가을 길

가을이 떠나는 발걸음을 재촉하는
늦가을 낙엽이 떨어진 길을 바라보면
꽃이 핀 듯 화려하고 멋있다

단풍 든 잎들이 낙엽이 되어 떨어진 길
잎 하나하나가 색색이 아름답다

낙엽을 밟으며 걸어가면
레드카펫을 밟고 걸어가는
이름난 사람처럼 행복의 주인공이 되어버린다

늦가을 낙엽이 만들어놓은
이 아름답고 행복한 길은
이 세상에서 살면서 가을에만 만나는
가장 아름다운 길이다

낙엽이 쌓인 길을 걷는 동안
내가 마치 이 세상의 주인공이라도 된 듯

기분이 아주 좋고 즐겁다

낙엽 떨어진 가을 길을
사랑하는 사람과 끝없이 걸으며
오래도록 사랑을 나누고 싶다

아름다운 가을아
너를 보내고 다시 그리워하며 살겠다

가을비

가을비가 내린다
이제는 떠나야 할 시간이라고
목마른 낙엽들의 마음을
적셔주며 떠나라고 재촉한다

비 내리는 창밖을 보다
가슴에 외로움이 터져버려
고독이 심장을 찌른다

단풍으로 아름답고 화려해
칭송이 자자했던 가을이 떠나듯
우리들의 삶도 떠나야 하는데
빗속에 홀로 갇혀 있는 것이
쓸쓸해도 너무 쓸쓸하다

그래 우리 만나자
외로움을 떨쳐버리고
떠나는 이 가을에 한 몸이 되어

남김없이 불태우는 사랑을 하자

가을비가 내리는 소리가
외롭고 쓸쓸해 고독을 부른다
온 세상이 고독으로 젖는다

가을 나그네

가을 끝자락에
미련을 남기고 그리워지는
가을 낙엽처럼 멋진 가을 나그네가 있을까

고독이 가득한 가을
가슴 시리도록 허전한 마음을 달래주고
늦가을 정취를 한껏 살려주는 낙엽들이
바람이 불 때마다 비가 올 때마다 떠나간다

가을마다 찾아오는 허전한 마음을
가을 단풍이 달래주더니
인연을 떨치기 아쉬운 듯
지울 수 없는 아름다운 추억을 남겨놓고
다시 보고 싶게 만들더니 떠나간다

늦가을 내 깊은 마음속으로
고독이 시도 때도 없이 쳐들어오는데
가을 나그네 낙엽이 떠나간다

들국화

가을이 다시 찾아왔다

가을이 오는 길목에
반가움이 가득하다

온 세상이 시시각각으로
가을색으로 물들어 간다

가을이 찾아와
너무 반갑고 좋다

가을이 오는
들판 곳곳에 들국화가 피었다

맑고 푸른 하늘 아래
가을 소식을 전하는 하얀 들국화
다정한 눈빛이 정겹다

들국화가 피었다

낙엽

나뭇가지에서 낙엽이 떨어져
이리저리 뒹굴어도 초라하지 않다

나뭇가지에는 아직 단풍이 살아 있고
길에는 떨어진 낙엽들이 모여들어
가을을 이야기하고 있다

낙엽은 퇴장할 때까지
아름다움을 잃지 않는다

비가 내려 연분홍빛 빛깔이 살아나면
낙엽이 이리 아름다운가
낙엽이 이리 멋있는가

낙엽은 어디로 쓸쓸하고
고독하게 떠나가는가

또다시 가을을

아름답게 만나기 위하여
아픈 이별을 감당해야 한다
가을이 피었다

낙엽아! 미안하다

가을이 떠날 때
낙엽이 떨어진 길을 걸으며
나는 낭만을 즐겼지만
낙엽아! 미안하다

너는 떠나기 위해
단풍 들었다 낙엽으로 떨어져
서글퍼 울고 있을 텐데
네 마음을 짓밟는 것 같아
낙엽아! 미안하다

낙엽 쌓인 길

늦가을 거리에 떨어진 낙엽이
내린 비에 젖으면
색깔이 진하게 살아나
고혹적인 낙엽이 눈길을 사로잡는다

곱디고운 빛깔의 낙엽을
눈에 담고만 있기에는 너무나 몽환적이라
고독한 낭만에 이끌려
어찌할지를 모르게 마음이 설렌다

내가 이 아름다운
낙엽 길을 걸을 수 있다니
꿈결인 듯 현실인 듯 실감이 나면서도
자꾸만 신비로운 세계로 빠져든다

낙엽 길을 걷다 보면
삶이 자꾸만 행복해져서 끝없이 걷고 싶고
벤치에 앉아 낙엽을 바라보며
사랑하는 사람을 말없이 안고 싶다

웃었다

울지 않기로 했다

고통이 심장을 비수처럼 찔러
비참하고 괴로울수록
어떻게든 살고 싶어서
살아나고 싶어서 웃었다

까무러치게 고통스럽고 힘들어
가슴 치며 울면 울수록
모진 목숨 괴로워 죽고 싶었다

뼈 부딪치는 소리 나도록
가난하고 비참할수록
행복한 일을 찾아서 웃어야
겨우 견딜 수 있었다

절망의 가시 속에 갇혀서
헤어날 수 없을 때는 세상이

나를 버린 것 같아 불안에 떨며
울다 지쳐서 미친 사람처럼 소리 질렀다

그물망 절망에 꺾인 마음 붙여가며
희망의 계단을 향하여
하나씩 하나씩 올라가며
웃음을 찾았다

어느 날부터인가
불행이 깨끗이 씻겨나가고
행복이 찾아와 너무 행복해서 웃었다

하늘을 보며 세상을 보며
마음껏 웃었다

세상 참 묘하다 1

세상 참 묘하다

모두 다 살다
홀쩍 떠나는 인생인데
서로 편하게 살다 가면 될 텐데
왜 미워하고 모함하며 살아갈까

남 잘되면 기뻐하고 손뼉 쳐주고
남 힘들면 위로해 주고
힘이 되어주면 될 텐데

잘되면 비웃고 헐뜯고 시기하고
모함하고 짓밟으려고 안달이 난다

안되면 당연하다는 듯이
조롱하고 뒤돌아서서 떠나간다

세상 참 묘하다

살아가는 것 거기가 거긴데
왜들 안달하면서 살아갈까

세상 참 묘하다 2

세상 참 묘하다
인생이란 참 묘한 거야
홀로 있으면 더 외롭고 쓸쓸한 거야

거리를 나가도 어디를 가도
모르는 낯선 사람들
반겨주는 사람도 없고
왠지 어색한 거야

세상이 이리도 넓고 넓은데
홀로 살다가 가야 할 자리
함께 같이 있어야 할 자리
만들어가는 것이 그리 쉬운 일이 아니야

인생이란 참
둘이 사랑으로 하나가 되어
둘이 마음이 하나가 된다면
모든 것이 새로운 거야

수많은 어려움도 서로 헤쳐나가면
행복이 찾아와 울타리를 만들어줄 거야

홀로 사는 홀가분함도 있지만
둘이 함께하는 어울림이 아름다운 거야

인생이란 참 아름다운 거야
사랑으로 둘이 하나가 되면
어떻게 어떤 모습으로
어떤 모양으로 만들고 살아가느냐에 따라
너무나 다른 거야

황혼의 친구

나이가 들면 주름살 사이로
서운함과 안타까움만 남아 있다

친구가 멀리 떨어져 있어
자주 만날 수 없어
어떻게 지내고 있나 전화를 했다

"어떻게 지내?"

"날마다 그 타령이지
요사이 아침마다 약을 한 주먹씩 먹고 살아!

"다 그렇지 뭐! 나도 그래 잘 지내!"

"자네는 어떻게 지내며 사나?"

"나야 뭐! 뾰족한 수가 있나
전에 하던 일 계속하고 있네"

"요즘도 일해? 뭐 하는데?"

"나야 항상 집에서 놀고 있지!"

살다 보면

살다 보면 넘어질 수도 쓰러질 수도 있지만
쉽게 포기하지 말고
끝까지 허탕 치고 살지는 말아야 한다

살다 보면 욕망에 쉽게 유혹당하고
욕심의 노예로 초라한 순간도 있지만
쉽게 절망하지 말고
끝까지 도전하며 살아야 한다

힘들고 괴로울 때 가슴이 막히고
아픔의 크기는 점점 커졌다

마지막까지 후회하며 통탄하며
어떤 경우에도 눈꼴사납게
게거품 물고 비굴하게 살지는 말자

사람이 끝까지 사람답게 살지 못하면
짐승과 다른 것이 무엇인가

힘없이 살던 세월에 가슴이 까맣게 타고
가슴에 멍이 들어 눈물을 자주 흘렸다

억지

억지를 부리면 구겨지고
접히고 찢어지고 갈라지고
쪼개져서 꼭 탈이 나
억지를 부려서 되는 일은 없다

어쩔 수 없는 것이 될 리가 없으니
때를 놓치지 말고
모든 것은 순리를 따라야 한다

억지는 가치 없고 미미하게 만들어
모양 사납게 깨지고
부서지고 무너지게 마련이다

억지는 못나서 욕심이 나서 시작되고
둘러치나 메어치나
막막한 결과를 만들어놓는다

억지는 모든 관계를 무너뜨리고

모든 것을 잘못되게 하고 똥줄이 타도록
좋지 않은 결과를 만든다

억지는 화를 부르고
고통을 부르고 절망을 만든다

막소주

빈털터리 가난한 신세라도
지치고 힘든 날
막소주 한잔 목구멍에 털어 넣고 싶은 날

한잔 마실 수 있는 것도
그 순간만큼은
기분 좋게 인생을 사는 맛이다

별로 좋은 일 없더라도
허기진 목을 축이고 싶을 때
서로 마음 다독이고 맞춰가며

막소주 한잔 서로 나누는 것도
그 순간만큼은
기쁨이고 인생을 사는 정이다

먼지

먼지를 얼마나
더럽게 여길까

먼지를 얼마나
하찮게 여길까

결국 우리도
먼지가 되어 사라질 텐데

무슨 욕심을 내며 살까
누구를 미워하며 살까

9월

9월은 가을의 시작이다
하늘이 맑고 파랗다

푸른 하늘을 보고
코스모스가 반갑다고
손을 흔들고 있다

가을 문이 성큼 열리면
맑고 푸른 하늘이
가장 먼저 찾아온다

푸른 하늘에서
가을 햇빛이 쏟아진다

온 세상이 풍요롭게 익어가며
열매 속에 가을이 가득하다

사랑할 수 있다면

가을은 고독해도 좋다

가을이 찾아오는 9월
사랑할 수 있다면
참 너무 좋다

목숨

목숨 하나인데 온갖 구실을 만들고
속앓이하며 마음이 바닥나서
함부로 나대고 먹칠하며 살아가지 마라

하나뿐인 목숨이 얼마나 소중한가
한목숨 한평생 살다 가는데
볼썽사납게 헛짓하며 살아서야 되겠는가

까칠하게 살아도 한목숨
부드럽게 살아도 한목숨인데 껄떡쇠마냥
고혈을 짜내듯 탐욕스럽게 살지 말고
정감 있게 따뜻하게 살아가야 한다

단 한 번 사는데 사람 잡듯
내 잘못을 남에게 뒤집어씌우지 말고
못된 일 하다가 들켜서 질겁하지 말고
뚱딴지 소리 해대며 머물스럽게 굴지 마라

한평생 한목숨으로 살아가는데
호절웃음으로 웃으며 넉넉한 마음으로
기분 좋게 살아가자

마음의 심지

혼절한 어둠이 가득했던 시절
꿈이 허공에 떨어지고
몸과 마음이 춥고 떨렸다

고통 속에서 어둡고 비참한 양심이
허덕이던 고통의 나날들
지친 모습으로 절망의 늪에 빠져
구겨진 마음으로 버티기도 힘들었다

사사로운 일에 몰두하거나
헛된 일에 서성거리고 팔짱 끼고 있지 말고
어떤 경우에도 마음의 심지가
제대로 뿌리를 내려야 한다

사사로운 사욕의 노예가 아니라
개인적인 욕심의 종이 아니라
항상 정도를 걸어가야 한다

세상살이 수많은 혀의 유혹 속에서도
마음의 심지를 바로 가져야 한다

후회하지 않을 삶을 살고 싶다면
마음의 심지에 선한 양심의 불을
항상 꺼뜨리지 말고 켜놓아야 한다

구실거리

삶의 한구석 허전하다고
이런저런 구실거리 만들어 살면
당장은 모면할지 몰라도 비참해진다

허벙거리며 변명을 일삼고
해야 할 것을 회피하며 입 놀리고
쓸데없이 헐크러지고 이유를 대면
못난 모습만 보여주는 것이다

용-빼는 재간도 없으면서
헛나발 불지 말고 잘못했으면
시인하고 고치며 바르게 살아야
사람이 사람으로 살아가는 것이다

까탈스러운 세상에서 허튼수작
허튼 걸음 걷지 말고
가야 할 길을 찾아가야 한다

사람이 제구실을 못하면
매사에 핑계를 대고 이유를 만들어
허공을 헛딛는 삶을 살아간다

가장 낮은 곳에

가장 낮은 곳에
수평선이 있고 지평선이 있다

높낮이가 많은 세상
높이 올라가기만을 원하는 세상
내려가는 것은 추락으로 알고 비웃는다

수평선과 지평선은 있어야 할
선의 중심을 보여주고 알려주고 있다

끝 모를 넓고 넓은 바다 끝에
아름다운 수평선이 있고
끝없이 넓고 넓은 땅끝에
지평선이 끝없이 펼쳐져 있다

가장 낮은 곳에 바다가 있듯이
욕심보다 겸손하게 낮아지는 곳에
수평선과 지평선이 있다

낮아지고 겸손한 마음이
넓은 세상을 만든다

우리 사랑이 시작되었을 때

우리 사랑이 시작되었을 때
이별도 이미 시작되었다는 것이
참으로 안타까운 일이다

아무리 소중한 사람일지라도
흘러가는 세월 속에
한순간의 사랑이기에
잊지 못할 사랑을 하고 싶다

떠나가고
잊어야 하는 세월 속에서
우리는 서로 우리의 사랑을
가슴에 새기며 잊지 말자

서로 사랑하다 어쩔 수 없이
떠나야 하는 순간이 올지라도
우리가 사랑하는 순간이
너무 좋았다는 것을 잊지 말자

우리는 영원히 사랑할 수 없기에
허락된 시간 동안 후회 없는 사랑을 하자

괴로운 세상

정말 힘들지
포기하고 싶지
모든 것이 귀찮아 훌쩍 떠나고 싶지
괴로워서 죽고 싶지
그렇지만 인내하며 견디어보자

세월이 흘러 지나고 보면
모든 것이 지난 일이 된다

힘들고 괴로웠던 순간들도
아마득하게 멀어져 가고
그리워지는 추억이 되고 말 테니
기다리자 좀 더 기다려보자

밉지 모든 게 싫지
탈탈 털어버리고 뒤집어엎고 싶지
꼴도 보기 싫지
그렇지만 참자 참아보자

떠나고 흘러가면
모든 것이 옛일이 된다

홀로 힘든 세상이지만
홀로 괴로운 세상이지만
힘을 내어 살아가자

오늘의 깊은 슬픔도
어쩌면 아름다운
추억으로 남아 있을 것이다

기억

까맣게 잊을 줄 알았다
잘 닦여 싹 지워버린 줄 알았다
다시는
전혀 기억나지 않을 줄 알았다

나도 모르게
내 마음 칸칸이 남아 있었다
내 가슴 곳곳에 살아 있었다

어느 날부터인가
기억의 깊은 잠에서 깨어나
불쑥 머릿속 가득
네 얼굴이 떠올랐다

보고 싶다

눈물 한 그릇

마음이 담벼락에 부딪히고
세상이 마구 때리는
삶이 슬프고 괴로웠다

살다 보니 마음의 떨림이 서럽고
왠지 답답하고 너무 슬퍼서
마음 놓고 통곡하며
눈물 한 그릇 만들고 싶어서
펑펑 소리치며 울었다

마음이 병들어서 우중충하고
삶이 지치고 힘들어서
모든 걸 포기하고 싶었다

마음이 복잡하고 어지러워
왠지 너무 쓰리고 슬퍼서
눈물 한 그릇 만들고 싶어서
두 다리 뻗고 펑펑 울었다

세상 이야기

사람들은 이야기를 만들어놓는다

세상에는 수많은 이야기들이
떠돌아다니며 사람들을 찾는다

세상 이야기는
사실과 다르게 떠도는 이야기가 많다

사실보다 변질되거나 미화되거나
진실보다 거짓이 설치거나 포장되는 것이 많다

사람들은 심심풀이마냥
헛된 이야기에도 많은 흥미를 갖는다

남을 세워주는 미담보다 흉보고 까발리고
무너뜨리고 쓰러뜨리는 광적인
가짜 이야기에 관심을 갖고 달려든다

감정을 파괴하는 거짓 이야기는
틈새에 끼어드는 과장이 너무 많다

사람들은 만나면
남을 헐뜯기를 좋아하고 비웃고
비난하는 일을 하며 웃고 떠든다

사람들의 이야기 속에 알다가도 모를
헛소문이 떠돌고 있다

상상

상상은 새로운
변화의 시작이다

상상은
미처 몰랐던 일을 시도하고
다양한 모습으로 발전을 해나간다

상상은 꿈을 현실로 만들고
글을 쓰게 하고
돌을 조각하고
그림을 그리고
음악이 흐르게 하고
새로운 것들을 만들어낸다

상상은 없던 것을
새롭게 만들어낸다

상상은 날개가 있어서
날아가지 못할 곳이 없다

돌멩이

스쳐 지나간 흘러간 세월 속에
비바람이 큰 바위에 틈을 내고
쪼개고 아주 잘 다듬어서
동글동글한 돌을 만들었다

얼마나 오래도록 흘러가는 세월을
걸쳐서 만들었을까
알 수 없는 세월이 수없이 오고 갔다

얼마나 대단한가
바위는 깨지는 고통을 참아내고
비바람은 인내심을 갖고 오랜 세월
깨어진 바위를 깎고 다듬어서 만들었다

돌의 가슴에 스쳐 간 오랜 세월이
반들반들한 흔적으로 담겨 있다

바위 1

바위는 아무 말이 없다

세찬 비가 쏟아져 내려
머리통을 수없이 때려도
끄떡없이 버티고 있다

바위의 발이 꿈적거리며
움직이는 것을
단 한 번도 본 적이 없다

거센 바람이 뺨을 때리고
등허리를 후려치고 달아나도
도무지 말이 없다

새들이 날아와 어깨에
똥을 싸지르고 날아가도
꼼짝도 않고 아무 말이 없다

바위는 온갖 전설이
달라붙어도 말이 없다

바위 2

밤새 바람이 울다 떠나도 거대한 바위만큼
밤낮을 가리지 않고 오랜 세월 제자리를
버티고 서서 지키고 있는 것이 있을까

하루 종일 비가 내려도 바위만큼 마음이
변하지 않고 마음이 흔들림이 없이
앞장서서 기다려주는 것이 있을까

바위처럼 언제나 항상 그대로 든든하고
견고하고 변하지 않는 마음이 있을까

바위의 마음은 좀처럼 알 수 없고
읽어 내릴 수가 도무지 없고 기쁜지 슬픈지
아픈지 괴로운지 언제나 똑같은 표정이다

바위의 뒤통수는 항상 그늘이 생겨서 이끼가 끼고
바위는 항상 가만히 있어도 온갖 일들이 벌어진다

바위 꼭대기에 다람쥐 한 마리 올라가
혼자 세상 풍경을 바라보고 있고
새는 날아가다 바위틈에 잠시 앉아 숨 고른다

바람에 날린 씨앗이 바위틈에서 풀과 나무가 되고
온갖 벌레들이 바위 곳곳에서 살고 있고
새들이 바위틈에 둥지를 틀어도 바위 얼굴
표정 하나 바뀌지 않아 마음을 알 수 없다

바위 3

바위는 얼굴이다
바위의 큰 얼굴은 어디서나 잘 보인다

큰 바위는 입을 꼭꼭 다물고
아무 말 하지 않고 묵묵한 표정으로 서 있어
눈을 감았나 입을 닫았나 귀를 막았나
도무지 표정을 알 수가 없다

흘러간 오랜 세월 동안
군살 없는 뼈만 남아
때로는 돌기둥이 되고 절벽이 되고
시간에 깎이고 깎여 계곡이 된다

바위는 엉덩이가 무거운지
단 한 번도 움직이지 않고
한자리에 딱 버티고 서서
무표정하게 바라보니 속셈을 알 수가 없다

점잖은 것인지 생각이 없는 것인지
묵묵부답이라 그 깊은 속내를 알 수 없지만
바위는 늘 듬직하고 믿음직스럽다

풀벌레

언제부터 인생철학을
터득하고 깨달았는지

어느 때부터 참선하고
도를 닦았는지

삶이 울음뿐이라는 걸
가슴 깊이 터득했나

풀벌레가 풀 사이에서
목청껏 울다 떠난다

아침 해

이른 아침
도시 속을 뚫고 솟아오르는
아침 해 얼굴이 아주 붉다

어제 밤새도록 먹은
술이 덜 깨었는지 해의 얼굴이
술꾼처럼 얼큰해 보인다

해의 동그란 위쪽은
술이 깨어가고
아래쪽은 아직도 술이 덜 깨서
붉은 술기운이 출렁거린다

어느 사이에 아침 해가
해장국 한 사발을 했는지
얼굴이 말짱해졌다

아침 해가 동쪽에서
빌딩 도시를 뚫고 붉게 솟아오른다

여름 옥수수

옥수수는 키가 커서 그런지
열매도 아주 잘 열린다

옥수수는 알맹이가
꼭 아이들의 어금니 같다

마을 아이들이 재미있게 놀며
웃다가 떨어뜨린
어금니가 모여든 것은 아닐까

옥수수 열매는 웃음으로
가득 차 웃고 있다

여름은 옥수수 먹는 맛에
다 지나간다

사과

밝은 해가
알몸을 보고 있어
너무 부끄럽나
얼굴이 붉어졌다

바람이 힐끗거리며
쳐다보고 달아나니
속마음을 들켰나
속 끓이다 온몸이 빨개졌다

모과

얼굴이 참 못생겼다
맨얼굴을 언제 어디서 보아도
지지리도 못나고 궁상맞다

보다 못해 좀 못생기면 어떠냐
미워할 수가 없고
외면할 수도 없어
바라보면 웃음이 저절로 나온다

못생기면 어떠냐
매혹적인 향기가 너무 좋아
아무런 흉허물 없이
너를 곁에 두고만 싶다

포도송이

얼마나 심장이 터지도록 애달팠으면
저리도 알알이 검게 익어갈까

얼마나 가슴 시린 한이 많았으면
저리도 알알이 검게 익어갈까

얼마나 뼈저린 슬픔이 있으면
저리도 알알이 검게 익어갈까

얼마나 구슬프고 한 서린
눈물이 골수에 사무치면 뭉치고 고여들고
얼마나 뼛골이 상접하면 알알이
검은 포도송이가 되어 익어갈까

한이 지나치면 눈물이 알알이
검게 되어 하나로 뭉치나 보다

앵두

얼마나 뽀뽀하고 싶으면
가지가지마다
수많은 새빨간 입술을
쪽 내밀고 열매를 맺고 있을까

얼마나 사랑받고 싶으면
수줍은 듯 고운 열매가
붉은 얼굴로 수없이 피어날까

실개천

덩치가 큰 산이
아무도 모르게 눈물을 흘렸나

염치없게 참지 못하고
찔끔 싼 건 아닐까

산에서 흘러내린
작은 물줄기 실개천 되어
졸졸졸 흘러간다

파도의 장난기

성난 파도는 자꾸만
섬의 옷자락을 벗기려고 계속해서 당기고
멀고 먼 바다를 오가는 온갖 배들의
궁둥짝 볼기짝을 철썩철썩 때리며
빨리 가라고 다그치고 있다

바다는
날마다 파도가 내리쳐 시퍼렇게
멍들어도 푸르게 살고 싶다

파도는 해변의 몽돌들을
까무러치도록 정신없게 굴려놓는다

파도가 몸부림칠 때마다
바다 전체가 뒤흔들리고
날 선 칼처럼 바다를 찢어 내리면
푸른 물이 쏟아져 내린다

날마다 쉴 새 없이 계속 치는 파도는
참으로 정신 사납게 장난기가 많다

겨울 참새

춥디춥고 차가운 겨울
바람이 쌩쌩 불어
한기가 서려 몹시 춥다

찬 바람이 혼쭐나게 흔들어도
나뭇가지는 아무 말도 못 하고
꽁꽁 얼어붙었다

햇살이 모여드는 창가에
참새가 모여 앉아
언 몸을 따뜻하게 녹이려고
햇살을 쪼아 먹고 있다

한겨울 새벽 열차

길고 긴 소식 배달부
열차가 힘차게 달려가는 곳마다
길이 활짝 열린다

장거리를 오가는 여행자
열차가 떠나자
간이역에 사람들이
남겨놓은 목소리도 떠났다

한겨울에는 매섭고 찬 바람에
발 시리게 떠나는 마지막 열차의
뒤꽁무니가 몹시 춥다

어둠을 뚫고 다가올 시간을 향하여
밤새 달려온
새벽 완행열차는
얼마나 피곤한지 힘에 부쳐
숨을 헐떡이며 도착한다

술 딱 한 잔만 하고 가자

우리 출출한데
목가심하기 위해
술 딱 한 잔만 하고 가자

술이 술을 부르고
분위기가 좋고
기분이 좋아
술병이 줄지어 서서 쳐다본다

목구멍에 쏟는
술잔은 늘어가고
똑같은 되풀이
술주정은 끝나지 않았다

굴

파도가 몰아칠 때마다
바위에 꼭 붙어서 떨어지지 않고
바다의 내음을 계속해서 받아들였다

바닷가 바위에서 싱싱한 굴을 따서
탱탱하게 살아 있는 신선한
굴 맛을 입 안 가득하게 느껴본다

짭조름하고 짙은 풍미가 있고
은은하게 다가오는 단맛이
입 안에 돌아 식감 좋은 굴 맛을 보았다

굴을 씹으면 씹을수록 강렬하게
다가오는 바닷물 맛을 보았다

키 큰 산

키 큰 산은 높고 큰 마음을 가졌기에
넉넉하고 푸근한 마음으로
떠도는 나그네 구름도 허리 아래
잠시 동안이나마 쉬다 떠나게 한다

산허리에 구름을 걸쳐놓고
천하를 얻은 듯 가슴 후련하게
한참 동안 내려다보기도 한다

한동안 불다 떠나는 바람도
산속을 헤매다 떠난다

키 큰 산은 산속에 폭포를 만들고
산 사이에 골짜기를 만들고
발아래 들판을 만들고
그림자마저 산 아래 편안하게 눕게 만든다

숲

숲은 건들멋이 넘치는
그들만의 세계를 만든다

햇볕이 찾아들어도 한동안
발목을 잡고 못 나가게 막아놓는다

숲은 그들만의 이야기가 밖으로
나가지 않게 나무들이 서로서로
보초병마냥 철통같이 지킨다

숲은 숲대로 나무들이 나목이 되어
창백하게 죽어서 넘어질 때까지
그들만의 세계 속에 살기를 원한다

숲의 이야기는 속 시원하게
흐르는 물소리가 시퍼렇게 살아서
온 세상에 소문을 내고 있다

산행

살던 곳에서 떠나 세상사
잠시나마 잊고 산을 찾아간다

산길을 걸으며 자연이 만들어놓은
풍경을 만나며 대화를 나누고
사색하면 마음에 평안이 찾아온다

푸르고 싱싱한 나무들
골짜기에서 소리치며 흐르는 물
숨은 듯 보일 듯 피어나는 야생화를 만난다

시원스럽게 쏟아지는 폭포를 만나면
각기 다른 풍경이 주는
살아 있는 생동감을 느낀다

골짜기 바람 소리 짐승 울음처럼 들리고
숲 사이로 보이는 파란 하늘을 보면
마음이 상쾌해진다

산길을 따라 산 정상에 오르면
자기도 모르게 모든 것을 훌훌 벗어버리고
마음이 가난한 사람이 된다

구름 1

푸른 하늘 허공을 떠도는
구름은 자유롭고 여유롭다

구름이 계절마다 다르게
만들어놓는 갖가지 모양을 보면
아름다워 탄성을 지른다

어찌 이리도 멋있을까
어찌 이리도 아름다울까
남 보기에 좋은 일도 잘한다

누가 움직여 이토록 멋진 작품
멋진 풍경을 아름답게 만들어놓았을까
정말 참으로 멋진 예술가다

구름도 산 중턱에 걸터앉아
세상이 궁금해 바라보다 떠난다

비를 만들고 싶어 사방에서 다투듯이
몰려와 비를 내리고 떠나가는데
어디로 가는지 묻고 싶다

하늘에 구름으로 아름다운 풍경을 만드는
예술가를 한번 만나고 싶다

구름 2

구름은 하늘을 떠다니는 방랑자
구름은 하늘을 오가는 여행자
구름은 하늘을 오가는 떠돌이다

하얀 구름 땡볕이 쨍쨍 소리를 내며
내리쬐는 찌르듯 무더운 한여름
하얀 구름이 더위를 많이 먹었나
축 늘어져 멍 때리고 큰 산을 넘어가고 있다

더위 먹은 하얀 구름 정신을 못 차리고
어디로 갈지 몰라 하늘에서 망설이고 있다

구름은 바람이 부는 대로 하늘을 유유히
떠돌아다니다가 힘들어 피로가 쌓이고
노독이 쌓이면 씻으려고 마음잡고
한바탕 비를 힘차게 쏟아 내린다

구름 같은 인생은 세상을 떠도는 떠돌이 삶이다

먹구름이 몰려오면 하늘도 얼굴이 잿빛이 되어
눈물을 흘리며 가슴 후련하게 비를 내린다

산

산이 높다는 것은
산 아래 서 있어 보아야
그 높이를 실감할 수 있다

산이 높다는 것은
산길을 따라 올라가
산 정상에 서보아야 알 수 있다

산이 크다는 것은
산속에 들어가 보아야
그 넓이를 느낄 수 있다

산은 서 있는 것일까
엎드려 있는 것일까
누워 있는 것일까
웅크리고 있는 것일까

이리 보면 이런 것 같고

저리 보면 저런 것 같아
참으로 알쏭달쏭하다

닭

닭은 벼슬이 붉은 걸 보면
남모르게 낮술 한잔 걸친 것 같다

지나가던 마을 어르신이
혼자 마시기 심심해서
독한 술 한잔 먹었나 보다

닭이 꼭 꼭 꼭 소리 내며
다니는 소리가
왠지 혼자 주정하는 것 같다

새벽이면 일찍 술이 깬
수탉이 제정신을 차리고
목청껏 아침이 왔다고 소리친다

수탉

새벽에 수탉이 울어
세찬 울음으로
아침이 찾아오고 있음을 알린다

잠이 덜 깬 새벽하늘을 찢는
칼날 같은 닭 울음소리가
경쾌하게 들린다

새벽에 목청껏 소리치는
수탉 울음이 하루의 시작을 알린다

밤새 눌린 캄캄한 어둠이
태양 빛으로 밝아지면
새날을 맞이하기 위하여
수탉이 울며 힘차게 아침을 알린다

강

강물 위에 쏟아져 내리는
햇빛이 유리 조각처럼 빛나고 있다

흐르는 세월 속에 가장 변하지 않고
긴 세월 속에 가장 길게 흘러가며
항상 언제나 한 줄기로 흐르기를 원하는
강물은 맑고 깨끗하게 흘러가기를 원한다

얼룩지지 않고 더럽혀지지 않고
늘 맑은 마음으로 산천을 살기를 원하며
세월의 난간 사이로 흘러가며
숱한 사연을 담고 아무 말 없이 흘러간다

평상시 강물은 모든 것을 있는 그대로
두고 혼자서 흘러가며 물속에
누가 살고 있는지 아무에게도 말하지 않는다

언제나 늘 푸르른 청춘으로 살아 늙지 않고

강물은 모든 걸 떠나보내며
유유히 아무런 부족함이 없이 유유히 흘러간다

살아 있는 강물은 묶이지 않고 엉키지 않고
풀고 풀어서 그 누구의 말도 듣지 않고
혼자서 흘러가 넓고 넓은 바다가 된다

혼자 있으면

혼자 있으면
외롭고 쓸쓸하고
고독하지만 편하기도 하다

누가 뭐라고 하지 않고
누가 시키지도 않고
누구 눈치를 보지 않아도 된다

혼자 있으면
고독을 펼쳐놓고
보고 읽고 마음에 담게 된다

혼자 있으면
진정으로 자신을 볼 수가 있고
주변을 살펴볼 수가 있다

순례자

삶 속에서 믿음을 깨닫고
주 예수 그리스도의 삶을 닮아가는 것이
순례자의 삶이다

거짓 없는 뼈저린 회개 속에
새 생명의 진리를 깨닫고
순수한 믿음 속에
하나님을 신뢰하며
주 예수 그리스도를 바라보는 것이다

순례자의 삶은
예수 그리스도의 삶을 배우며
길이 되시는
예수 그리스도의 길을 가는 것이다

순례자의 길 1

왜 많은 사람이 산티아고
순례자 길을 걷고 싶어 하는가

왜 많은 사람이 순례자의
삶을 살다가 갔는가

순례자의 길은 기도하는 마음으로
주 예수 그리스도를 깊이 묵상하며
여유로운 마음으로 걸어야 한다

세상에서 삶의 답 인생의 답을 얻기란
그리 쉽지가 않은 사람들이 많다

순례자의 길을 걸으며
기도하고 묵상하며
기도의 응답을 받으며
인생의 질문과 답을 가슴에 새기는 것이다

순례자의 길은
억지로 끌려와서 걷는 것이 아니라
스스로 자원하는 마음으로 걸어야 한다

순례자의 길은 걸으면 걸을수록
믿음의 깊이를 깨닫고
삶의 가치를 깨닫는 것이다

주 예수 그리스도가
왜 길이요 진리 생명이신지
깨닫고 받아들이고 믿는 것이다

순례자의 길 2

날마다 살아가는 삶이
어려운 고비를 만나 멘붕이 되고
무의미가 맴돌아 가치를 잃으면
삶의 의미를 묻고자 순례자 길을 걷는다

순례자의 길을 너무 빨리 걷거나
아주 느리게 천천히 걷는다고
특별한 의미가 있는 것은 아니다

자신의 마음을 보고
자신의 마음을 읽고
자신의 마음을 새롭게 깨닫는 것이 옳은 길이다

길에서 또 길을 묻듯이
걸어가며 만나는 풍경 속에서
스쳐 지나가는 사람들 속에서
혼자 걸으며 같이 걸으며
삶의 의미와 가치를

새롭게 발견하고 새롭게 느낀다

순례자의 길은 완성이나 성취를 위하여
걷는 것이 아니라
자신의 삶을 뒤돌아보고 새롭게 살고자 하는 것이다

순례자 길을 걸으면
하늘이 스스로가 말해줄 것이다
내일의 삶을 살아가는 이유와 방법을

순례자의 길 3

순례자의 길을 걷다가
힘들고 고통스러울 때
골고다 십자가를 생각하며 걸어야 한다

길을 걷고 걸어서
아무리 피곤하고 힘들어도
골고다 언덕 위의 십자가만큼
피곤하고 고통스러울 수가 있을까

순례자의 길을 걷다가
포기하고 싶을 때 기도하며
주님의 인도하심을 받아야 한다

중간에 포기하는 것은
시작하지 않음보다 못하다

우리에게 착한 일을 시작하신
주님이 언제나 함께하여 주실 것이다

순례자의 길이 끝날 때까지
주님의 골고다 십자가를 기억하고
기도하며 인도하심을 받자

들풀

들판의 초록 심장의 숨소리는
살아 있는 풀들의 심장 소리다

들판의 들풀은 누가 심고 가꾸어놓았을까
들풀은 언제나 잘 자라고 있다

바람이 씨를 날려 들판으로 보내면
땅이 얼른 받아들여 자라게 만들었고
비바람과 땅과 어울려 들판에서
살고 싶어서 꿋꿋하게 잘도 일어선다

들판은 누구나 아무나 받아들여
모든 풀이 함께 모여들어 꽃을 피운다
바람도 불어왔다 머물 곳 없어
서글프게 떠나는 세상에서 들풀은 꽃을 피운다

들풀아 비바람이 몰아쳐도
엎드렸다 쓰러지지 말고 일어서라

누우면 죽는다
어떤 상황에서도 일어서라
일어서야 산다

들판에서 풀 무더기 속에 피어났다고
구실 삼아 함부로 잡초라 생각하지 마라
나에게도 이름이 있다

들풀 연가

들풀 연가는 들판에서 들려오는
생명의 속삭임 사랑의 속삭임이다

들판에 낭자한 풍문도 없이
이름도 모르게 핀 꽃이라도
그리움도 있고 사랑하고픈 마음도 있다

세상의 수많은 꽃 중에
화려하지 않은 풀꽃으로 피어나
어느 누구에게도 별 관심 못 받고 살았다

들풀은 가만히 있다가 바람이 불면 흔들리고
외로움에 목마를 때 꽃이 피어난다

어느 날 아주 우연히 낯설게
들판을 지나가다 마주친 눈빛이 감탄하며
아름답다 말하면 너무나 정답다

달콤한 속삭임이 있는 사랑과
칭찬의 말을 해주는 순간을 잊을 수 없다

언젠가 한순간 이슬처럼 사라질
들풀이지만 사랑받고 싶다

밤

한밤중 캄캄한 어둠 속에
마음이 쓰여 촛불 하나 밝혀놓고 싶다

이 작은 몸짓이지만 혹시 몰라서
마음을 단단히 먹고 어둠 속에
빛을 밝혀놓고 싶다

캄캄한 밤에 달만 떠 있어도
즐겁고 행복한 날이 있다
달을 보면 자꾸만 즐겁고
웃음이 나올 때가 있다

어둠 갇힌 밤길은 멀게 느껴지는데
달이 나를 자꾸만 쫓아와서
기분이 좋을 때가 있다

달이 내 희망처럼
어두운 밤하늘에 밝게 빛나면
고요 속에 깨달음을 얻는다

한밤중

잠이 오지 않아 외로워서
창문 열고 본 밤하늘이 참 외롭다

한밤중에
달도 외로워서 잠들지 못하고
피곤한지 나뭇가지에 몸을 기대고 있다

밤하늘에 박혀 있는
별들도 외로워서 잠들지 못하고
눈만 초롱초롱하다

갈대도 외로운지 잠들지 못하고
바람에 온몸을 맡기고
들판에 서서 흔들리고 있다

길을 벗어난 잠이 거리로 나가
갈 길을 잃어 미아가 되어
온 세상이 불면증에 걸렸다

들꽃 1

아무도 견디지 못할
고독의 굴레에서 들꽃이 핀다

아무도 엄두도 내지 못할
외로움이 보이는데
외로움의 끝에서 들꽃이 핀다

아무도 이겨낼 수 없는
쓸쓸함 속에서 들꽃이 핀다

들풀은 항상 꽃을 피우려는
마음이 간절하고 가득하다

거친 흙 속살 헤집고 살아 나와
풀꽃이 피어나기에
아름답고 꽃향기가 좋다

들꽃을 볼 수 있다는 것은
참으로 행복한 일이다

들꽃 2

들꽃은 외진 곳에 피어나
얼마나 서러운가
들꽃은 다가갈 때마다 활짝 웃었다

들꽃은 모진 바람이 불어
고통으로 꺾여도
절망으로 찢겨도 다시 피어난다

불이 나면 다 타버린 듯해도
뿌리 끝 살아 있는 곳에서 풀이 살아나
다시 꽃 피어난다

들판을 오가는 것들에게
수없이 짓밟히고 또 짓밟혀도
다시 살아난다

들꽃의 생명의 끈질김은 위대하다

무인도

사람이 아무도 살지 않는
외딴섬 무인도에서
우리가 살면 행복할까

어느 누구의 간섭도 받지 않고
우리 둘만 살면
날마다 행복할까

푸른 하늘을 보고
파도 소리를 듣고 살면 행복할까

우리 정말 사랑하면
사람이 아무도 살지 않는
무인도에서 행복하게 살 수 있을까

섬 1

섬이 꼼짝 못 하고 오도 가도 못하게
바다에 갇힌 줄 알았다

넓고 넓은 바다가
무엇을 하고 있는지
몰아치는 파도에 넋을 잃고 있다가
너무 궁금해 참을 수 없어
섬이 고개를 쑥 내민 것이다

세찬 파도가 몰려와
섬의 아랫도리를 잡아당기고
물고 늘어져도 섬은 그대로 서 있다

섬 위로 태양이 뜰 때
섬 아래 노을이 질 때 아름답다

섬 2

성난 파도가 휘몰아쳐도
섬은 언제나 그 자리에 그대로 서 있다

거친 파도가 휘몰아치고
성난 파도가 긴 혀를 내밀어
수없이 핥고 핥아도
섬은 제자리를 지키고 서 있다

비바람 눈보라 성난 태풍이
거칠게 불고 몰아쳐도
날 선 파도가 수없이 후려쳐도
섬은 모든 걸 알고 언제나 서 있다

뱃길이 끊겨 소식이 없어도
안달복달하지 않고 인내하며 기다리고 있다

섬은 그때그때마다
마음 졸이며 살지 않는다

오랫동안 바다에 서 있어 보니
늘 있던 그대로가 좋은 모양이다

폭포

바다로 흘러가던 물이
한순간 한꺼번에 쏟아져 내린다

속절없이 치밀어 일어나는
하고픈 말을 한순간에 쏟아내며
울부짖는 소리가 온 세상에 메아리친다

물방울이 모여 흐르는 강물이 되고
폭포가 되어 쏟아지는 소리는
물의 혀끝에서 터져 나오는
수많은 목소리가 쏟아내는 크나큰 함성이다

한 몸으로 하나가 되어
쏟아져 내리는 폭포가 만들어내는
멋진 연주이며 대단하고 기막힌 함성이다

배

항구에서 떠나지 않고
정박한 배는
배가 아니라 고철이다

배는 배의 역할을 해야
배로서 존재할 수 있다

배는 떠날 곳을 찾아
항구를 떠나야 하고
떠나는 배가 진정한 배다

나루터 1

강가 나루터가 텅 비어 있으면
주막에도 손님이 없고 풍경이 쓸쓸하고
허전하여 배와 손님을 기다린다

기다림 속에 손님이 찾아오고
배가 오고 떠나면
반가운 사람들을 만나면
술 한잔하고 싶어 주막도 북적거린다

떠나보아야 텅 비어보아야
소중함을 깨닫고 사람이 찾아와야
반가움을 알게 된다

그러면 그렇지
나루터는 오가는 배와 사람들의
잠시 잠깐의 쉼터이다

나루터 2

한밤중 나루터에 나룻배 한 척
바람에 흔들리는 물결에
엉덩이를 들썩이며
달빛에 취해 흔들리고 있다

한밤중에 비가 내려
정신을 바짝 차리라고
외롭게 묶여 있는
나룻배 이마를 치고 달아난다

사람이 오가지 않고
어둠 속에 적막만 흐르고 있는데
나루터에 나룻배 한 척
물 위에 고독하게 떠 있다

개울

산이 숨겨놓은 물을 흘려보냈는지
이슬이 전부 모여들었는지
개울이 되어 흘러갑니다

작은 개울의 잔잔한 목소리가
살아 있어야 생명이 충만합니다

지금은 작은 물이지만
냇가를 만나고 강을 만나고
얼마 후에는 큰 강이 되기 원하며
발걸음을 재촉하고 있습니다

개울물은 가야 할 곳이 있기에
흘러가는 세월 따라
뒤돌아보지 않고 흐르고 있습니다

작은 개울은 강과 바다가 되는 것이
가장 큰 꿈입니다

개울물에 물안개 피면
수줍은 듯 잠시나마 얼굴을 가립니다

개울둑

개울둑에 앉아
물 흐르는 소리를 들으면
기분이 좋아진다

개울에는 어린 시절
추억이 함께 흐른다

송사리가 햇살을 가득 받은
개울물을 헤엄치며 돌아다닌다

소금쟁이는 어디서 왔는지
뒤도 안 돌아보고 쏜살같이 도망친다

개울둑에 앉아 있으면
여름날 송사리 떼 쫓고 잡으며
함께 멱을 감던
어린 시절 친구들이 생각난다

물

모든 물은 만나면
서로 뭉쳐 하나가 되어 흐른다

세상 사람들처럼 쓸데없이
출신 성분 묻고 따지지 않고
서로 탓하며 말하지 않는다

헛된 소리로 푸념을 늘어놓지 않고
서로 돌아서지 않고
서로 하나가 되어 흐른다

언제 어디서든지 만나면
주거니 받거니 하나가 되어 흐르고
모든 물은 강으로 바다로 나간다

세상의 모든 물은 하나가 되고
큰 바다가 되어 함께 어울려 살아간다

시냇물

봄이 오면
시냇물 흐르는 소리가 명랑하고
시냇물이 흘러가며 만나는 풍경들을 보며
흘러가는 물도 행복하다

연초록으로 물드는 봄날의 산천
꽃 피는 산천을 보며 흐르는 물도 신이 난다

여름이 오면
붕어 떼가 놀고 있는 시냇물에
마을 아이들이 물장구치고 뛰놀면
물소리가 듣기에도 아주 좋다

화창하게 내리쬐는 햇살에
들판은 더욱 진하게 푸르러지고
새들은 오가며 제 노래를 부른다

떠도는 나그네 구름은 하늘에

요술을 부리듯 모양내기에 바쁘다

시냇물이 마을 아이들의 꿈 담고
흘러가면 강이 되고 바다가 된다

비 1

하늘에 구름들이 떠돌아다니다가
외로운 구름의 몸짓들이
번개 치고 천둥 치더니 비가 되어 내린다

비가 내린다
내 마음이 몹시 슬퍼서인지 비마저 내리는
소리가 근심과 걱정이 가득하게 들린다

하늘에서 하늘의 말들이 구름의 말들이
비가 되어 쏟아져 내린다

하늘에서 한 서린 흐느낌이
한 서린 눈물이 비가 되어 내린다

비가 오고 나면 하늘도 얼굴을
깨끗이 씻어 푸르고 맑아진다

비가 하늘에서 쏟아져 내려

빗방울이 땅에 세차게 부딪치면
사방으로 흩어진 비의 운명은 끝나고
다시 하나 되어 강으로 흘러간다

비 2

하늘에 너무 하얀 구름이 뜨면
비가 오지 않는다

하얀 구름이 속이 뒤집혀
먹구름이 되어 속이 터지면
성이 난 듯 비가 쏟아진다

비가 쏟아지는 소리는 아우성인데
산천초목은 신이 나서 비를 맞는다

비가 내리면 맑은 물로 씻고
헹궈낸 산천이 깨끗하고
온몸을 씻은 나무들과 풀잎이 싱그럽다

하늘의 비가 땅에 내리면
시냇물이 되고
강물이 되어 바다로 흘러간다

낙숫물

고독할 때는 창밖의
낙숫물 소리를 들어도
부서지는 괴로움 속에
애간장이 쓰리고 눈물이 난다

뚝뚝 떨어지는 낙숫물 소리에
철없는 아픈 그리움으로
어설프고 가냘픈 내 마음도
고독이 뚝뚝 떨어진다

내 마음과 생각에 따라
세상 풍경이 다르게 보이고
세상의 소리도 다르게 들린다

사람의 마음은 참으로 맹랑해
세상에 따라서 이리저리 흔들린다

밤비 1

한밤중에 구름이
온몸을 털어 비를 내린다

낮 동안 일어났던 불미스럽고 나쁘고
좋지 않은 일들 추악한 것들을
씻어내려고 밤비가 내린다

한밤중에 밤비가 내리는 것은
이 세상도 가끔씩 씻어 내려야
그나마 살아갈 수 있는 세상이 되기에

캄캄한 어둠 속에 밤비가 주룩주룩
온 세상이 고요한데 온밤이 지나도록
줄기차게 계속해서 내리고 있다

해가 뜨기도 전에 밤비가 멈추어
창밖을 내다보니 하늘이 푸르고 맑고
공기가 깨끗하고 신선하다

밤비가 밤새도록 내리며
수고를 많이 하고 떠났다

밤비 2

어둠이 가득한데 비가 내린다
밤새 남모르게 흘려보내야 할 것이 있고
밤새 어서 빨리 떠나보낼 것이 있는 것은 아닐까

밤새 깨끗하게 씻어내야 할 것이 있는지
밤비가 그칠 줄 모르고 세차게 계속해서 내린다

온 세상이 어두운데 비 내리는 소리만 들리는데
아침에 창밖을 보니 푸르고 맑고 세상이 깨끗하다

긴 말을 할 것이 없이 어젯밤에 비가 내려
깨끗하게 청소를 하고 세탁을 한 모양이다

밤새도록 뼛속까지 적시는 비가
온 세상을 깨끗하게 씻어 산들과 나무들과
들판이 밤새 알몸을 깨끗하게 씻었다

누가 볼까 부끄러운지 밤비 내리는 어둠 속에서

아무도 몰래 더럽던 껍데기를 깨끗하게 씻어 내려
이른 아침 산과 나무들과 들판이 깨끗하고
초록이 푸르고 싱싱하다

비는 내리는데

비는 주룩주룩 쉬지 않고
계속해서 내려 온 땅이 젖는데
내 마음은 젖어 들지 못하고 있다

비가 내려 빗물이 흐르고 고여드는데
내 마음은 텅 비어
그리움이 고이고 고독이 고이고
쓸쓸함만 고여 마음이 까칠하다

창밖에는 비가 쏟아져 내리는데
목이 타오르고
심한 갈증이 가득하다

비가 내리는데 끽소리도 못 하게
외로움만 가득 차오른다

가랑비

소낙비처럼 세차게 흠뻑 적시게
쏟아지지도 못했다

왔다 간다 소식만이라도
전하고 싶어서
내놓고서 말도 못 하고
잠시 잠깐 내렸다

그리워서 보고 싶고 궁금해서
잠시라도 들렀다 가고 싶어
너스레 떨듯
내 마음을 전하고 싶었다

폭우

하늘에 엄청나게 큰 구멍이
아주 크게 뚫린 줄 알았다

얼마나 많은 비가 한꺼번에 내리고
쏟아지는지 무섭고 두려웠다

이러다가 무슨 일이 나지
세상이 다 떠내려갈 것만 같았다

폭우가 쓸고 간 자리마다
상처가 너무나 깊고 크다
산들의 옆구리와 들판의 가랑이를
마구 긁고 훑치고 달아났다

비가 오면 맞고 싶었고 반가웠는데
폭우는 공포의 대상이었다

폭우가 지나간 자리 남은 것이 없고

눈꼴사납게 눈 뜨고 볼 수 없게
목숨마저 쓸어가 버렸다

하늘이 참다못해 쏟아버린
폭우가 세상의 잘못을 할퀴고 지나갔다

가뭄 1

온 세상이 바삭바삭 타들어 가
목이 탁탁 마르고
대지가 숨통을 꽉 조이고 있다

먹구름이라도 모여 있으면
쥐어짜더라도
비를 만들었으면 좋겠다

하늘에 먹구름도 하얀 구름도
보일 생각이 전혀 없다

지금 당장이라도 사방에서
구름이 떼같이 몰려들어 와
시원하게 비가 내리면
가슴이 뻥 뚫린 듯 속 시원하겠다

가뭄 2

한여름 비가 오지 않고 날씨가 너무 더워
마음마저 물기가 하나도 없는
사막이 되었다

가뭄에도 맹숭맹숭한 하늘이
비를 내리지 않아 먼지가 푸석푸석 날렸다

논바닥이 쩍쩍 갈라지고
개구리도 물이 말라 울지 않았다

더위 먹은 사람들은 성질을 부리고 화를 내고
개들은 혀를 길게 빼고 돌아다녔다

살인적인 더위에 얼음 가게는
너무 쉽게 동이나
저녁이 되기도 전에 문을 닫았다

일기예보에도 비 소식은 없고
생수만 잘 팔리고 있다

이슬 한 방울

세상은 아주 작은 것에서
시작하고 작은 것은 소중하다

이슬 한 방울 한 방울 방문객처럼
잠시 잠깐 세상에 찾아왔다 사라진다

이슬 한 방울 한 방울이 얼마나 귀한가
더 이상 큰 것을 바라고 원하지 않는다

이슬 한 방울 한 방울이 아름답고
아주 작은 이슬에도 생명이 살아난다

이슬을 서로 주고받는 풀잎들이
갈한 목을 축일 수 있으니
얼마나 소중하고 행복한가

이슬이 풀들을 살려내고 풀들을 키우고
아주 작은 이슬 한 방울이

이른 아침 산천초목을 적셔준다

이슬 한 방울에 새순과 새싹이 돋고
아름다운 꽃이 피어난다

새 1

하늘을 날아가는 작은 새도
심장이 터질 듯한 박동으로 하늘을 난다

앞을 바라보며 눈을 뜨고
갈 방향을 잡고 날아가며
날갯죽지를 쉴 사이 없이
휘저으며 원하는 곳으로 간다

새는 날아갈 동안 날개를 접지 않고
심장으로 시간을 느끼며 날아간다

나뭇가지에 앉아 세차게 바람이 불어도
마구 흔들리는 끝에 앉아 있어도
걱정도 두려움도 없다

거센 바람에 나뭇가지가
뚝뚝 부러지고 뚝뚝 끊어져도
새는 한순간에 날아가 버린다

새가 하늘을 날아가면
끝없이 마음껏 날아가라고
하늘을 활짝 열어준다

새 2

새는 가족을 위하여 둥지를 틀고
넓은 세상에서도
작은 둥지에서도 행복하게 산다

넓은 하늘을 자유롭게 날아도
아무런 욕심 없이
작은 둥지에서 쉼을 얻는다

새는 비록 작은 둥지에서 살지만
어떤 것도 가지려고 마음에 두지 않는다

새는 천하를 다 가진 듯
푸르고 맑은 하늘을 마음껏
유유히 비행하며 날아가고 있다

새는 자기를 작다 탓하지 않고
넓고 넓은 하늘에서 원하는 곳으로
하늘을 비상하며 멋지게 날아간다

새 3

새처럼 날아갈 때 몸만 갖고
하늘을 날아갈 수 있다면
얼마나 좋을까

욕심 때문에 불행한데
욕망 때문에 불행한데
홀가분하게 마음 편하게
살 수 있다면 얼마나 좋을까

피눈물 흘려보지 않고
어찌 인생을 안다 할까

하늘을 나는 새를 보라
무엇을 갖고 떠나는가 보라
몸만 갖고 떠나는데도
얼마나 자유로운가

기러기

가을에 기러기 떼
푸른 하늘을 줄지어 날아간다

애절한 소망을 갖고
외롭게 어디로 날아가나

무슨 공연을 보러 가나
운동회라도 하나
축제라도 벌이는 것일까

순서와 절차에 따라
일사불란하게 날아간다

가을 푸르고 푸른 하늘을
하나가 되어 날아가는
기러기를 바라보니 외롭다

쑥국새

얼마나 쑥국이 먹고 싶으면
너의 입이 쑥국 타령만 하냐
"쑥국! 쑥국!"

한겨울 들판 눈밭이 쑥이라고는
보이지도 않는데
쑥이 어디에 있느냐

쑥국이 얼마나 그립고
먹고 싶으면
새야 너의 이름이 쑥국새가 되고
쑥국 노래를 부르겠느냐

학

이 속된 세상에서 하얗게 살아가면
너무 쉽게 때가 묻어
금방 더럽혀지지 않을까

푸른 하늘 아래
학의 맑은 눈에 왠지 슬픔이 많아
가끔씩 한쪽 발로 서서
세상을 물끄러미 바라보고 있다

이 헛된 세상에서
아득하게 바랄 것이 무엇이 있어
가냘픈 발목으로
흘러가는 물에 서 있는가

까치집

까치는 무엇을 원하기에 나무
제일 큰 나무 꼭대기에 둥지를 지을까
참 높이도 엉성하게 지어놓았다

폭우라도 쏟아져 내리면
어떻게 하려고
태풍이라도 불어닥치면
어떻게 하려고
나뭇가지 물어다가 얼기설기 지어놓았을까

까치집 바라보아도
괜히 걱정이 자꾸만 되었다

비가 세차게 내린 다음 날
까치집을 쳐다보았더니 그대로 있었다

까치 둥지는 끈끈한 사랑으로
가족과 살려고 만들어져
아주 튼튼하다

하늘 1

하늘은 낮에는 푸르게 밤에는 까맣게
색깔만 바꾸고 아무런 변동이 없다

하늘이 천둥 번개를 몰아칠 때
내 잘못 내 죄를 들킨 것 같아 피가 마르게
가슴이 조마조마하고 아무 정신이 없다

먹구름이 몰려와 험상궂은 얼굴로 변할 때
비가 쏟아져 내리고 다시
텅 비어 허기진 하늘을 누가 채워줄까
낮에는 구름과 햇살이
밤에는 어둠과 별과 달이 채워준다

하늘은 언제나 푸르게 떠 있다
하늘은 왜 공중에 떠 있을까
하늘은 왜 내려올 줄 모를까
하늘이 맑은 날 호수에 하나 가득
푸른 하늘이 내려왔다

호수에 담긴 하늘은 넓고 푸르고
우물 속에 있는 하늘은 동그랗고
바다에 내려앉은 하늘은 크기를 알 수가 없다

하늘 2

하늘의 마음은 늘 푸르고 청청하다

하늘은 단 하나의 푸른 마음으로
다른 마음이 들어오지 못하게
하늘 가득하게 채워놓았다

새털구름 뭉게구름 온갖 구름이
왔다 가도 잠시 잠깐 가려질 뿐
언제나 변치 않는 마음이다

먹구름이 가득 비를 뿌려도
한겨울 구름 가득해 눈이 내려도
하늘은 언제나 푸른 마음이다

먹구름이 몰려오면 푸른 하늘을 가려놓아
울음을 참지 못하고 비를 쏟아 내린다

비바람이 세차게 몰아쳤는데

비가 개면 푸른 하늘 그대로 말짱하다

하늘은 언제나 변하지 않는
오직 한마음 푸른 마음이다

하늘 3

하늘은 태초부터 끝없이
한없이 펼쳐져 있다

높고 깊고 넓은 하늘은
아무도 함부로 할 수가 없다

하늘은 언제나 넉넉한 마음으로
모든 것을 품어주고 감싸주고 있다

하늘에는 어느 누구도 금을 그어놓거나
벽을 쌓거나 찢거나 접거나
구부릴 수가 없다

하늘은 언제나 변하지 않는 본래 모습
그대로 우주를 담고
해와 달과 별들과 함께
끝없이 한없이 영원토록 펼쳐져 있다

푸른 하늘

푸른 하늘이
구름에 갇히고 풀린다

구름에 갇히면 비가 내리고
구름이 풀리면
햇살이 내린다

푸른 하늘에 어둠이 가득하면
별이 찾아오고
달이 찾아온다

푸른 하늘에 구름이 떠나면
태양이 찬란하게
빛을 발한다

햇살은 손에 잡히지 않아도
마음으로 느낄 수 있다

풍경 이야기

푸른 하늘에 구름들은 그림을 그리고
쏟아지는 비는 난타를 연주한다

병풍처럼 둘러선 높은 산들은 우뚝 서서
오랜 세월 전해오는 전설을 보여주고
큰 바위들은 얼굴을 쳐들고
단편소설을 이야기한다

숲속의 나무들은 수필을 들려주고
꽃들과 들풀들은 바람에 흔들리며 시를 들려주고
시냇물 돌들은 물속을 구르며 동시를 지으며
아이들이 좋아하는 동요를 부르고 있다

하늘과 땅과 우주 속에
살고 있는 사람들은
대하장편소설을 펼쳐나가고 있다

초승달 1

검은 하늘 한쪽에 외롭게
떠 있는 초승달은 바라만 보아도 외롭다

달이 고독해서 가슴이 아팠나
너무 슬펐나 마음속 근심이 터져 나왔나

한시름 놓지 못해 너무 괴로워
세상을 외면하고 싶었나

초승달이 새침하게 삐져서
깊은 생각에 빠져들고 있다

한밤중에 내놓은 외로운 얼굴
한쪽만 쓸쓸하게 떠 있다

초승달은 밤의 서늘함에
너무 외로워 얼굴이 야위어
마냥 외로워 보이고 쓸쓸해 보인다

초승달 2

초승달이 예뻐서
하늘에서 떼어 가슴에 달고 싶다

허구한 날 어둠이 가득한
넓고 넓은 밤하늘에
작은 초승달이 뜨는 이유는 무엇일까

어둠 속에 갑갑할까 봐
아주 작은 같은 빛이라도
비춰주는 싶은 달의 마음이다

보름달이 뜰 때까지
어두운 밤하늘에 작은 빛이라도
비춰주고 싶은 달의 마음이다

상현달

어두운 밤이 찾아오면
달이 출근한다

상현달은
보름달도 아니고
반달도 아니고
초승달도 아니고
어딘지 모르게 뭔가 부족한 달이다

상현달은
보름달이 되고 싶을까
반달이 되고 싶을까
초승달이 되고 싶을까

지금 상현달은
캄캄한 밤하늘에 떠서
한참 고민 중에 있다

보름달 1

캄캄한 밤하늘이 가슴을 열면
보름달이 환한 얼굴을 내밀고
어둠 속에서 밝게 빛난다

보름달은 누구에게 보여주려고
얼굴을 곱게 화장을 했을까
한밤에 갓맑은 보름달 얼굴이 참 밝다

어둡고 고요한 밤 모두 잠들면
외로움도 잊을 수 있을까
외로운 날은 달빛이 유난히 하얗다

달은 허물을 언제 벗었는지
어둠 속에서도 유난히 밝게 빛나고
달빛이 환해 착하게 살고 싶다

한밤중에 달도 피곤한지
나뭇가지 끝에 겨우 끼어서

언제 떨어질까 모르게 매달려 있다

보름달을 보며 달빛을 받으며
이야기를 나누면 시간 가는 줄 모른다

보름달 2

한밤중 하늘에 떠서
하얀빛으로 밝게 빛나는
보름달이 은쟁반마냥 아름답다

내 마음이 외로울 때는
보름달도 아주 쌀쌀맞게 쳐다본다

추운 겨울날 보름달 빛은
얼음처럼 차갑고 냉정하다

행복할 때는 보름달이
순진무구한 눈빛으로 바라본다

캄캄한 한밤중에 은은한
보름달 달빛이 온 세상에 가득하다

산에서 들에서 얼마나 외로우면
짐승들이 달을 보고 울부짖느냐

그믐달

달이 떠올라도 보이지 않고
어둠 속에 얼굴을 내밀지 않으니
별들의 눈동자만 빛난다

그믐달이 뜨면 어두운 밤하늘도
어둠 속에서 창백하고 초췌하다

어둠이 점령한 밤
산과 들 모든 것들이
어둠 속에서 숨죽이고 있는데
어둠은 두렵고 무섭고 공포를 준다

낮보다 어둠 속의 고독은 깊고 침울해
희망도 없고 내일도 없으면
살아도 사는 것이 아니라
삶 자체가 날마다 그믐달이다

뜨거운 가슴속에서 희망의 달이 떠올라
보름달마냥 밝게 살아야 한다

달

왜 달은 어둠 속에 뜨는가
어둠 속에서 찬란하게 빛나는
달은 어둠을 사랑하나 보다

모두가 잠드는 밤 어둠을 지키기 위하여
뜨는 달은 어둠을 좋아하나 보다
어둠이 온 땅에 깔려 있어도
달빛이 빛나면 길이 보인다

진한 어둠을 뚫고 하늘에 떠 있는
달빛이 온 세상을 환하게 비춘다

해 지고 어두운 밤길 달빛이 길 안내를 해주고
캄캄한 밤 홀로 가기 외로운 길
달이 지켜주며 동행해 준다

달의 표정이 감정에 따라 슬플 때는 슬프게
기쁠 때는 웃는 것처럼 보이고

밤길을 걸어가며 쓸쓸해 하늘을 보면
달이 나를 보고 밝게 웃는다

고독한 밤, 외로운 밤, 쓸쓸한 밤
달이 함께하지 않았다면
어둠 속에서 무척 외로웠을 것이다

새벽달

밤을 새운 탓인지
차갑지만 부드러운 눈빛이 사라지고
피곤에 지친 눈을 뜨고 있다

달은 밤새 어둠 속에서
빛나는 별들을 도와주고
구름이 가는 길을 열어준다

달은 세상을 밤새
어둠 속에서 지켜주더니
힘이 드는지 새벽달은
얼굴빛도 핼쑥하게 많이 바랬다

몸이 지치고 힘들고 피곤하니
어서 빨리 집으로 돌아갔으면 좋겠다

낮에 뜨는 달

달이 집으로 돌아가야 할 시간인데
한낮에 떠 있다

밤에 뜨는 달이 왜 대낮에 떴을까
내숭 떨고 있는지
무슨 일이 있는지
그 속내를 도무지 알 수가 없다

뜰 시간이 아니라 지는 시간이라
오금 저리고 힘이 드는지
기운 딸려 해쓱한 얼굴이
참 싱겁고 창백하게 생겼다

낮에 달이 떠서
누구를 기다리고 있을까

누군지 오지 않아
기다림에 지쳐 핏기 잃어버린
몹시 힘든 모양이다

동짓달

한 해가 다 지나가는
한겨울 캄캄한 밤하늘에
하얀 달빛이 빛난다

동지섣달
아무리 억척을 부리고
억척을 떨며 살아도
밤이 길고
깊어가는 밤에
고독도 길어진다

웅달진 곳에 고독이 숨어 있어
슬픔의 근처에는
항상 눈물이 돌아다닌다

나는 가끔 광대처럼 살고 싶다

초판 1쇄 2022년 5월 2일
지은이   용혜원
펴낸이   김영재
펴낸곳   책만드는집

—

주소   서울 마포구 양화로3길99, 4층 (04022)
전화   02 - 3142 - 1585 · 6
팩스   336 - 8908
전자우편   chaekjip@naver.com
출판등록   1994년 1월 13일 제10 - 927호
ⓒ 용혜원, 2022

—

—

ISBN   978 - 89 - 7944 - 802 - 3 (03810)